U0075054

不要，不要，

尼尼都不要～～～！

圖 原愛美　文 Keropons　譯 許婷婷

尼尼，

來洗澡吧！

不ㄅㄨˋ要ㄧㄠˋ。 不ㄅㄨˋ要ㄧㄠˋ。

尼尼

不要～～～!!

尼ㄋㄧˊ尼ㄋㄧˊ， 等ㄉㄥˇ一ㄧˊ下ㄒㄧㄚˋ。

不ㄅㄨˋ要ㄧㄠˋ。 不ㄅㄨˋ要ㄧㄠˋ。

尼ㄋㄧˊ尼ㄋㄧˊ

不要～～～!!

尼尼，真是的，快過來！

不ㄅㄨˋ要ㄧㄠˋ。 不ㄅㄨˋ要ㄧㄠˋ。

尼ニー尼ニー

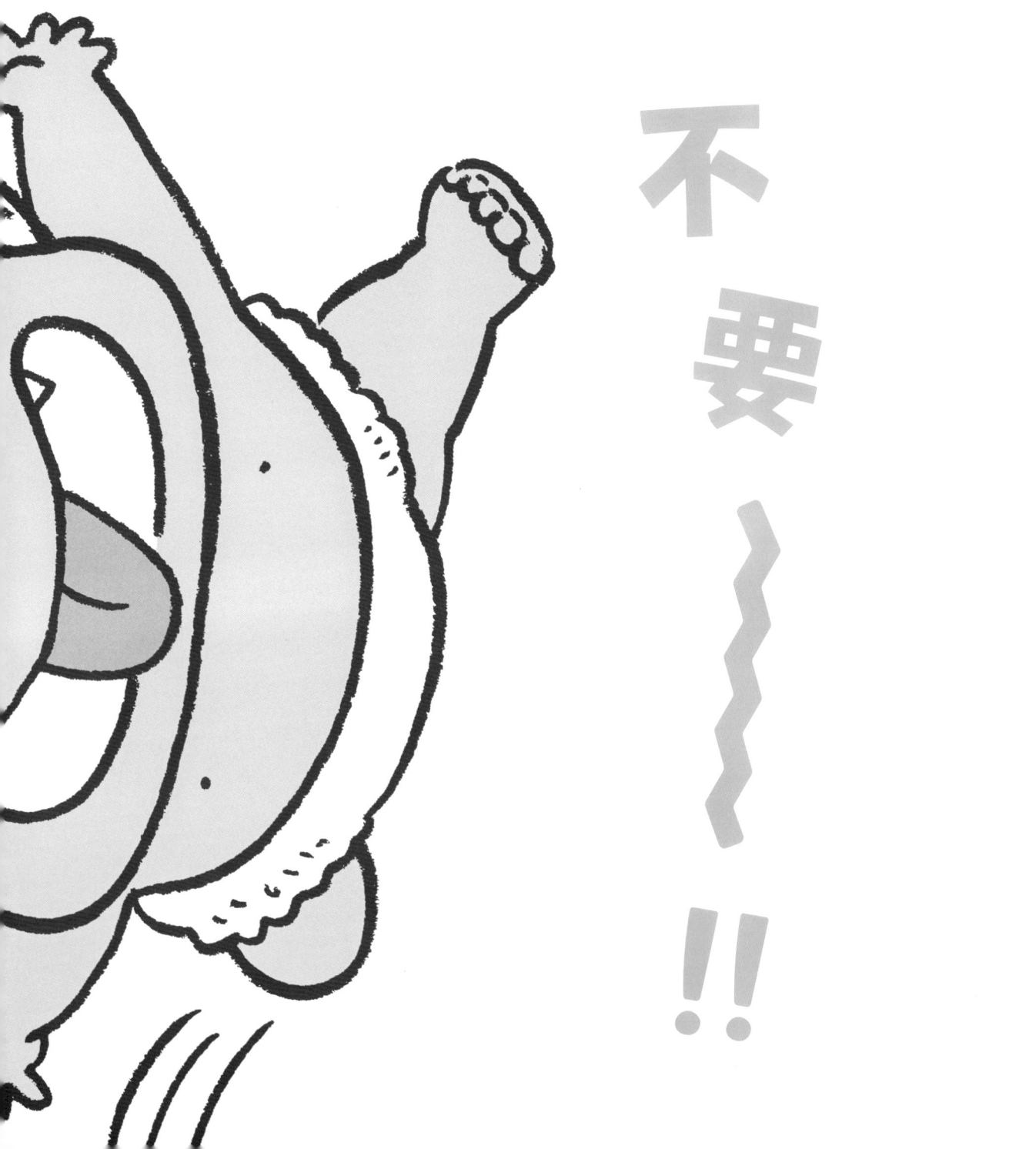
不要〜〜!!

尼尼，你快變成光溜溜了喔！

不ㄅㄨˋ要ㄧㄠˋ。

不ㄅㄨˋ要ㄧㄠˋ。

尼ニ尼ニ

不要〜〜!!

光屁屁的尼尼。

光肚肚的尼尼。

抓到了！

磨磨臉，搔搔癢，
呵呵笑。

咻ー!

撲通撲通

!!
尼尼
好舒服喔！

暖呼呼的尼尼，

洗好嘍！

YADAMON YADAMON NIKOCHAN YA
Illustrations copyright © 2018 AIMI HARA
Text copyright © 2018 KEROPONS
All rights reserved.
First published in Japan in 2018 by POPLAR Publishing Co., Ltd.
Traditional Chinese translation rights arranged with POPLAR Publishing Co., Ltd.
through Future View Technology Ltd., Taiwan
Traditional Chinese translation rights © 2020 by CommonWealth Education Media
and Publishing Co., Ltd.

繪本 0244

不要，不要，尼尼都不要～～～！

圖｜原愛美　文｜ Keropons　譯｜許婷婷

責任編輯｜張佑旭　特約編輯｜張瑞芳　美術設計｜林家蓁　行銷企劃｜劉盈萱
天下雜誌群創辦人｜殷允芃　董事長兼執行長｜何琦瑜
媒體暨產品事業群
總經理｜游玉雪　副總經理｜林彥傑　總編輯｜林欣靜
行銷總監｜林育菁　副總監｜蔡忠琦　版權主任｜何晨瑋、黃微真

出版者｜親子天下股份有限公司　地址｜台北市 104 建國北路一段 96 號 4F
電話｜ (02)2509-2800　傳真｜ (02)2509-2462　網址｜ www.parenting.com.tw
讀者服務專線｜ (02)2662-0332　週一～週五：09:00 ～ 17:30
讀者服務傳真｜ (02)2662-6048　客服信箱｜ parenting@cw.com.tw
法律顧問｜台英國際商務法律事務所・羅明通律師
製版印刷｜中原造像股份有限公司
總經銷｜大和圖書有限公司　電話：(02)8990-2588

出版日期｜ 2020 年 4 月第一版第一次印行
2024 年 4 月第一版第六次印行
定價｜ 280 元　書號｜ BKKP0244P　ISBN ｜ 978-957-503-562-4(精裝)

訂購服務 ----------
親子天下 Shopping ｜ shopping.parenting.com.tw
海外・大量訂購｜ parenting@cw.com.tw
書香花園｜台北市建國北路二段 6 巷 11 號 電話 (02)2506-1635
劃撥帳號｜ 50331356 親子天下股份有限公司

立即購買 >
親子天下 Education · Parenting · Family Lifestyle　親子天下 Shopping
親子天下 有聲故事書

圖　原愛美
插畫家、藝術總監。
從人物設計至廣告涉足多領域。以自家兩歲多孩子為範本設計出細膩寫實且惹人憐愛的小尼尼形象。

文　Keropons
增田裕子和平田明子所組成的音樂團體。
創作出適合孩子歌謠的作詞、作曲與編舞，也在親子演唱會或以保育員為對象的講座中演出。除此之外亦發表繪本作品。

譯　許婷婷
東京大學教育學博士課程修畢，御茶水女子大學文學碩士，淡江大學文學碩士，具備日本口譯協會專業口譯執照。2008 年成立【藍莓媽咪日文繪本親子讀書會】，透過繪本和童謠，以童心韻文和溫馨手指謠的方式，帶領所有愛聽故事的孩子們進入日文繪本故事的殿堂，繪本譯作有《爺爺的天堂筆記本》、《脫不下來啊！》（三采出版）、《我們大不同》（小魯出版）等。

YADAMON YADAMON NIKOCHAN YA
Illustrations copyright © 2018 AIMI HARA
Text copyright © 2018 KEROPONS
All rights reserved.
First published in Japan in 2018 by POPLAR Publishing Co., Ltd.
Traditional Chinese translation rights arranged with POPLAR Publishing Co., Ltd.
through Future View Technology Ltd., Taiwan
Traditional Chinese translation rights © 2020 by CommonWealth Education Media
and Publishing Co., Ltd.

繪本 0244

不要，不要，尼尼都不要～～～！

圖｜原愛美　文｜ Keropons　譯｜許婷婷

責任編輯｜張佑旭　特約編輯｜張瑞芳　美術設計｜林家蓁　行銷企劃｜劉盈萱
天下雜誌群創辦人｜殷允芃　董事長兼執行長｜何琦瑜
媒體暨產品事業群
總經理｜游玉雪　副總經理｜林彥傑　總編輯｜林欣靜
行銷總監｜林育菁　副總監｜蔡忠琦　版權主任｜何晨瑋、黃微真

出版者｜親子天下股份有限公司　地址｜台北市 104 建國北路一段 96 號 4F
電話｜ (02)2509-2800　傳真｜ (02)2509-2462　網址｜ www.parenting.com.tw
讀者服務專線｜ (02)2662-0332　週一～週五：09:00 ～ 17:30
讀者服務傳真｜ (02)2662-6048　客服信箱｜ parenting@cw.com.tw
法律顧問｜台英國際商務法律事務所・羅明通律師
製版印刷｜中原造像股份有限公司
總經銷｜大和圖書有限公司　電話：(02)8990-2588

出版日期｜ 2020 年 4 月第一版第一次印行
2024 年 4 月第一版第六次印行
定價｜ 280 元　書號｜ BKKP0244P　ISBN ｜ 978-957-503-562-4(精裝)

訂購服務 ----------
親子天下 Shopping ｜ shopping.parenting.com.tw
海外・大量訂購｜ parenting@cw.com.tw
書香花園｜台北市建國北路二段 6 巷 11 號 電話 (02)2506-1635
劃撥帳號｜ 50331356 親子天下股份有限公司

立即購買 >
親子天下 Shopping
親子天下 有聲故事書

圖　原愛美
插畫家、藝術總監。
從人物設計至廣告涉足多領域。以自家兩歲多孩子為範本設計出細膩寫實且惹人憐愛的小尼尼形象。

文　Keropons
增田裕子和平田明子所組成的音樂團體。
創作出適合孩子歌謠的作詞、作曲與編舞，也在親子演唱會或以保育員為對象的講座中演出。除此之外亦發表繪本作品。

譯　許婷婷
東京大學教育學博士課程修畢，御茶水女子大學文學碩士，淡江大學文學碩士，具備日本口譯協會專業口譯執照。2008 年成立【藍莓媽咪日文繪本親子讀書會】，透過繪本和童謠，以童心韻文和溫馨手指謠的方式，帶領所有愛聽故事的孩子們進入日文繪本故事的殿堂，繪本譯作有《爺爺的天堂筆記本》、《脫不下來啊！》（三采出版）、《我們大不同》（小魯出版）等。